LO ÚNICO QUE NO CALLA EL CORAZÓN

Eugenio Ramírez Pérez

*Our mission is to efficiently provide the world's finest, most comprehensive book publishing
service, enabling every author to experience success. To find out how to publish your book,
your way, and have it available worldwide, visit us online at www.trafford.com*

Trafford rev. 2/1/2010

www.trafford.com

North America & international
toll-free: 1 888 232 4444 (USA & Canada)
phone: 250 383 6864 ♦ fax: 812 355 4082

INTRODUCCIÓN

En esta diminuta vida, lo primordial es el amor.

Apreciable lector no saben cuanto le agradezco a Dios por darme la oportunidad de estar presente en este preciso momento y por haberme dado también, la gran dicha de haber hecho mi sueño realidad. Me llena de total satisfacción el saber que luego de una intensa búsqueda por lograr mi objetivo, finalmente logré lo que tanto anhelaba. No fue del todo fácil pero cada vez que contemplo el proyecto en el que he trabajado, sé que valió la pena todo cuanto viví y lo digo así porque en repetidas ocasiones hubo presiones, incluso familiares, que intentaron evitar que lo culminara .También le quiero dar las mas sinceras gracias a usted que me ha brindado un retazo de su valioso tiempo para leer lo que jamás calló mi sensible corazón.

Solo por eso, solo me resta decirles...GRACIAS.

En esta obra hay versos que son inspirados en mis experiencias personales como por ejemplo Escenario, Libre de pecado y Cierto amor, ya que en vida nunca faltará quien te juzgue bien o mal y cuide cada uno de los movimientos que uno haga. Pero sin renegar, aunque se nos tire andanadas de dardos con veneno, no dejemos que nada nos doblegue, seamos fuertes que al fin de cuentas a nadie le afectará, fracases o triunfes en tu corto andar por este mundo.

Por el contrario seamos fructíferos sin hacer caso de lo que pasa a nuestro alrededor.

Todos estos pensamientos que leerá a continuación fueron escritos en varias partes de Florida, Kansas, y fueron terminados en Carolina del Norte, en su mayoría mi musa principal fue ese ser que con su incomparable belleza, al hombre hace pecar aun con el pensamiento. Y también a ellas quiero decirles, que si Dios no hubiera creado el sueño en el ser humano yo lo hubiera inventado para que al dormir, soñara solo con ellas....la divina e incomparable mujer.

Es esto todo lo que les deseo comentar y lo que no pude callar.

Eugenio Ramírez P.

ÍNDICE

	Página
Mi Dicha	1
¿Por qué?	2
Tus Ojos	3
Pecado Hecho Mujer	4
Prodigio	5
Nada Ni Nadie	6
Brinda Amor	7
A Mi Gran Amor	8
En Tus Brazos	9
Intento	10
Locura	11
Infortunio	12
Indignante	13
El Escenario	14
Deseo…	15
Hasta Tu Llegada	16
Que Hermosa Eres	17
Inhóspito	18
A Tu Merced	19
Libre De Pecado	20
Divinidad	21
Así Lo Quiso Dios	22
Si Fuera Así	23
Si Yo Fuera	24
En Tus Tibios Brazos	25
Nuestro Camino	26
Nuestro Adiós	27
Desfallido	28
A Tu Manera	29

Aquí Estaré…   30

Cautivo   31

Cierto Amor   32

Amor Celestial   33

Majestuosidad   34

Tu Ausencia   35

Recuérdame   36

Mi Retrato   37

Triste Realidad   38

Temor De Perderte   39

Lamento   40

Travesura   41

Advertencia   42

¿Quien Será?   43

Se Fué   44

Eres Solo Vanidad…   45

Ojos Ajenos   46

Fue Mejor   47

Como Ladrón   48

Ya Nada Es Igual   49

Te Agradezco   50

Inútilmente   51

Así Eres Para Mí   52

Inconcebible   53

Ansiedad   54

MI DICHA

Cuan dulce y hermosa eres vida mía
y tus besos tan dulces como miel
que el cielo deje de ser azul si un día
tu ternura se tornara hostil y cruel.

Mas que una delicia es regocijarme,
en esos brazos que son toda mi gloria
y en ellos mi deseo es quedarme
para hacer inolvidable nuestra historia.

Que dichoso soy de poder contemplarte,
entre estos brazos colmados de pasión
y más me enamoro al besarte
lo cual hago con júbilo y devoción.

La dulzura de tus labios es todo mi encanto,
el brillo de tus ojos mi luz ,si no hay sol,
toda tú me fascinas, no sabes cuanto,
toda tu me dejas sin control.

¿POR QUÉ?

¿Por qué si se nos dio un lugar donde vivir
lo destruimos cada instante que pasa?
Se nos obsequió para poderlo construir
pero ya nuestra ignorancia lo despedaza.

¿Por qué actuamos sin conciencia?
Sabiendo que Dios lo formo con amor.
Pero nosotros con hábil diligencia
lo acabamos con furia y desamor.

Al mismo tiempo con todo el fervor
lastimamos a nuestro hermano.
No nos importa verlo saturado de dolor
y en una oración pedimos perdón en vano.

Nos deleitamos en la avaricia y vanidad
y en la vida buscamos poder y dinero.
Fascinados nos regocijamos en la maldad
porqué para nosotros lo material es primero.

Por doquiera hablamos del divino amor
sabiendo que es de lo más carecemos,
por hipocresía fingimos el candor,
aquel que por desgracia no conocemos.

TUS OJOS

Con nada he de comparar
esos ojos que me enloquecen.
Te juro que me estremecen
cuando ellos me suelen mirar.
Tan solo me resta suspirar,
pues no son míos como quisiera;
Todo mi ser a tus pies pusiera
si me dejaras ser yo su dueño.
Tal vez sea un tonto sueño
pero lo daría todo si lo fuera.

PECADO HECHO MUJER

Brindo por el único ser que provoca
pasiones puras e inquietas de amar,
digo un aleluya pues un beso de su boca
con ansiedad quisiera arrebatar.

Halago a quien la vida me diera,
para ella, todos mis honores le doy.
Les agradezco pues sin ellas fuera,
solo sombras de lo que ahora soy.

Doy elogios al ser que hace al hombre,
con su hermosura casi delirar,
aplaudo a quien hacen que me asombre
con ese misterio profundo de su mirar.

Admiro a quien me arranca poesías
y me hace viajar al paraíso celestial
y las venero pues mis fantasías
como ellas nadie me las cumple igual.

Y las honro porque nadie ha descubierto
las palabras precisas para enamorarlas,
también porque mi mundo seria incierto
si no me dejaran amarlas.

Le doy la gloria a ese ser del todo divino
y por lo mejor que Dios pudo hacer
y que también la bendiga en su camino
a ese pecado hecho mujer.

PRODIGIO

Dios rasgó un pedazo del cielo
para decorar tus lindos ojos
y para hacer tus labios rojos
buscó las bellezas del suelo.

También despojó a un querubín,
sutil ternura y las puso en ti.
El trazó hermosura y frenesí
que al cabo era su único fin.

Después de haberte formado
se te dio solo una tarea
de amarme contra viento y marea
y a mi vivir de ti enamorado.

NADA NI NADIE

Ni el tiempo ni la distancia que nos divide
han logrado que me olvide de ti
afortunadamente nada hace que olvide
los bellos momentos que contigo viví.

No existe nada que ponga en duda lo que siento
por el contrario te amo mucho más que ayer,
aunque ahora sea letal este tormento
ya que en mis brazos no te pueda tener.

Pero aunque sea difícil soportar los dolores,
y tu ausencia se empeñe en martirizarme
tú seguirás siendo el mejor de mis amores
y también se que tu sueles recordarme.

No hay nada que me robe la calma
ni el delirio me domina en mi travesía
porque no se olvida cuando se ama con el alma,
si no que se ama y se desea como el primer día.

BRINDA AMOR

Amor a medias no ha existido
y no creo que exista jamás,
pues el amor puro ha surgido
del Dios eterno y de nadie más.

Mostremos lo que él nos enseña
amándonos sin condición,
ya que él sí nos ama y no desdeña
sino que nos brinda su corazón.

Obsequiemos sin alarde lo mejor,
sin esperar solamente halagos.
Hay que darlo todo por amor,
porque lo falso causa estragos.

Rompamos con lo que nos impide
amarnos con todo el fervor,
puesto que eso a diario nos divide
a conocer al verdadero amor.

A MI GRAN AMOR

Tú le diste luz de amor
a mi alma cuando de tristeza
estaba oscureciendo
y fortaleciste con esperazas
a mi ser justamente cuando estaba agonizando
entre tantos fracasos y penas.
Y cuando no tenía
ninguna razón para continuar viviendo
fuiste tú, quien con un soplo de vida
me devolvió los deseos y las ansias
de seguir existiendo,
pero esta vez tan solo
para poder amarte, si para amarte
y ser parte de la sangre de tus venas.
Me diste paz cuando me sentía desesperado,
también me distes las fuerzas que necesitaba
cuando estuve a punto de abandonarlo todo y darme por vencido.
Es por eso que te quiero con toda mi alma,
confió en ti con todo mi corazón
y te llevo conmigo a donde quiera que voy,
mucho menos dejo ni siquiera un instante de pensarte,
puesto que desde el momento
en que nos encontramos fuiste mi oasis en aquel desierto
en donde perdido y solo, me encontraba
sin ti, amor mio.

EN TUS BRAZOS

¿Donde encontraré aquella paz que con ansiedad y anhelos busco?
¿Dónde?

Si no ha de ser a tu lado. Ya que sin ti rutilantemente luzco de un color
que no le va bien a mi semblante y quedo de ti necesitado.

¿Dónde encontraré la otra mitad que desde hace mucho me hace falta?
¿Dónde?

Sí cuando no te tengo, siento la vida desolada,
y mi ser y mi pobre alma vulnerable
la tienes tú, en tus manos de alguna manera capturada y no podré escapar

Así que otra vez me he preguntado,
¿Dónde podré encontrar eterno descanso?
¿Amor, dime dónde?

Si no es en la gloria de tus tiernos brazos.

INTENTO

Tú bien sabes cuantas veces intenté
devolverte al inmenso edén de mis brazos.
Una tras otra excusa siempre inventé
pero tu amor no conseguí, ni a retazos.

Fue fatuo mi intento por reconquistarte
de nada sirvió perder mi dignidad.
Por ti lloré pero poco pudo importarte,
y mucho menos mi nítida felicidad.

Cual tormenta feroz e inclemente
hiciste destrozos en mi alma y te vas,
dejándome tu eterno nombre en mi mente
para no poder sacarlos de allí jamás.

LOCURA

La gente no deja de llamarme loco
solo por ver tú nombre en cada nube.
Y es que se hace notorio poco a poco
que mi insanía más y más sube.

Si me llaman loco no me importa
de ese comentario poco caso he de hacer
sé muy bien que mi vida es corta
es por eso que yo solo te quiero querer.

Sí, te quiero, te adoro y mucho te amo
eres mi divina diosa viviente.
A pesar de todo, amor mío yo te llamo
y eternamente vivirás en mi mente.

INFORTUNIO

Intento ser fuerte en mi cruel agonía,
pero el dolor que siento es más fuerte que mí ser.
Aun no sé y no entiendo todavía,
como pude por su ingrato amor enloquecer.

Me siento inepto, un tonto fracasado,
tanto que hasta la fe ha escapado de mi.
Ni la razón explica como he soportado,
este inmenso dolor que me lleva al frenesí.

Desearía cambiar lo que hecho mal,
también tener corazón de piedra o metal
para no sentir dolor ni pena alguna.

Ya que he perdido la ilusión y la fortuna,
de llevar una vida grata y normal
y todo por quererte como a ninguna.

INDIGNANTE

Valiente el individuo que parte
a otra tierra por él desconocida,
nadie sabe que una hostil herida
en su alma lleva como estandarte.

Nada lo doblega en su viaje largo,
su meta puede más que su pena,
aunque se encuentre en patria ajena
y el dolor que sienta sea amargo.

Al peregrino no se le permite el lujo,
de tirarlo todo y darse por vencido,
porque ser miserable nadie lo ha escogido,
mucho menos la razón que ahí lo condujo.

Se necesita valor y casta de un guerrero,
para alejarse de su lugar de origen,
no importa si es solo un aborigen,
el que busca un destino mejor y certero.

Es fácil para el que luce como estrella,
juzgar al que por afán lucha cada día,
en lugar de aliviarlo en su rustica melancolía,
en su llaga deja otra huella.

EL ESCENARIO

Soy presa fácil para el mundo entero
cuando me juzgan con tiranía.
Yo solo trato de conservar mi fisonomía
con dignidad y recato verdadero.
Camino con cuidado por mi sendero
tratando de esquivar lo que no es bueno
ya que por doquier de placeres y males esta lleno.
Por eso, siempre trato de ser fuerte,
sabiendo bien que tengo la mente inerte,
pero no al vulgo ni a su letal veneno.

DESEO...

Le arroje un tierno suspiro al viento,
deseando de verdad te lo llevara
ya que jamás te dije lo que siento
y hoy la distancia hizo te recordara.

Al silencio le suplique solamente,
dejara nuestros recuerdos intactos,
le pedí que no los borrara de mi mente
porque fueron momentos más que gratos.

Se, que también tu me quisiste,
Que solo fue una jugarreta del destino.
siempre te agradeceré todo cuanto me diste,
pues fuiste lo mejor que a mi vino.

Aunque me duela que así haya sido,
tú sin rumbo alguno, y yo mal herido.

Es por eso que te envié solo un suspiro
y un te quiero, ya que sin tu ser deliro.

HASTA TU LLEGADA

No conocía el dulce sabor de la miel hasta que probé la exquisitez
del maná de tus tersos labios.
Tampoco sabía si en este mundo podría encontrar un poco de paz
y calma.
Hasta que tus brazos de gloria me cobijaron sin poner resistencia.
No tenia ni idea.
Que pudiera existir algo tan maravilloso y divino
como la tierna y mística luz que reflejan tus ojos.
Me incito a quererte más sin amarras y sin miedo de caer al
abismo.
No imaginaba.
Que era más divino despertar en tus tibios brazos, te juro nada de
eso sabia.
Pero lo supe, por suerte el destino, o no sé quien me trajo tu
bendita llegada.

QUE HERMOSA ERES

Que hermosa eres amor de mis amores
que encantador me parece tu sonreír
a tu lado no conozco de angustia ni dolores
y solo a tu lado hasta el final quiero vivir.

Eres mi nardo que ha nacido entre espinas
y entre la zarza la más bella azucena
eres para mí de las flores la más divina,
el prodigio que me salva de cualquier pena.

Que hermosa eres razón de mi alegría
que luz tan divina irradias al mirar
a pesar del tiempo, me enamoro cada día.
Y en tus paisajes no me canso de pasear.

Nada se compara con tu bello semblante
mucho menos con tu gran virtud
para mi eres el mas valioso diamante
el complemento que me sacia en plenitud.

Probar el néctar de tus labios es una delicia
y el tenerte conmigo el mejor regalo de Dios.
Se me fuera la vida si no tuviera tus caricias,
 porque hasta un elogio es el escuchar tu voz.

INHÓSPITO

Ese tonto quiso romper los lazos
que unen a este amor puro y lozano,
Quiso arrancarme de tus brazos
mas su intento fue en vano.

Pobre iluso, de espíritu mendaz
no tienes recato tampoco decencia
Trataste de destruir lo que es veraz
y nuestro amor ahora fluye con opulencia.

El quiso de mi vida adueñarse
sin imaginarse que de mi ser esta atado
a otras tierras tal vez quiso llevarse
al amor que de mi esta solamente enamorado.

Fue insolente al tratar de litigar
por el cariño que esta tatuado en mi pecho
el jamás se pudo por un momento imaginar
que me ha pertenecido siempre por derecho.

Ni por un instante desearía ser él
porque sé que duele fracasar de esa manera
pero el quiso probar de tu miel
sabiendo que eres mía, aquí y donde quiera.

Ojalá y aprenda ya de vetusto
que un amor se debe ganar a la buena
pero también tiene que ser leal y justo
y no pretender a una mujer ajena.

A TU MERCED

No te ofrezco el cielo porque no me pertenece
más si lo fuera con todo placer te lo daría
también si pudiera los luceros alcanzaría
y con ellos sorprenderte cuando anochece.

Quisiera ser el dueño del mundo entero
y darte más de lo que en verdad mereces
porque sabes que anhelo que tú fueses
quien me llenara de tu amor hechicero.

Pero solo soy un soñador, poseedor de nada
que te ama con el alma fiel y apasionada
y con mi ser doblegado y a tu disposición.

Te he querido con ansias y todo el corazón.
Porque mi vida a quererte estaba destinada.
También a quedar totalmente sin razón.

LIBRE DE PECADO

Júzgame tú, que eres libre de pecado,
júzgame según tu convicción y parecer.
Vamos, ponme en medio del estrado,
y con tu algarabía inútil hazme padecer.

No te basta con ver mí ser moribundo,
y fastidiado por la crueldad de mi desventura.
Te fascina lo que me acontece en este mundo
y me juzgas sin importarte si llego a la locura.

Júzgame sin censura y sin clemencia.
Devórame con tu comentario hostil y tirano.
Hazlo tú, que vistes de trajes de fina decencia,
ya que yo nací siendo un simple ser humano.

Si es que disfrutas tanto el juzgarme,
sigue arrojándome piedras sin siquiera errar.
Yo, simplemente tendré que acostumbrarme
a ignorar lo que de ti, suelo escuchar.

DIVINIDAD

Regalo divino que Dios al hombre dió
cuando él mismo, se encontraba desolado
con detalles y cuidados lo esculpió
con el fin de que permaneciera a su lado.

No fue petición del hombre, fue de Dios
el crear tan incomparable querubín
como él, aquí en la tierra no existen dos
y ser parte del afortunado hombre es su fin…

Si, hablo de ese ser que inspira y provoca
que en el néctar de sus labios me pierda yo
he de decir que solamente en su boca
mi ser por completo se desmayó.

Preciada mujer que agraciada tú eres
que felicidad goza el hombre con tu presencia
eres más rutilante que los amaneceres
porque Dios te hizo con exacta excelencia.

Que no culmine tu gracia
porque tu calmas la sed que te tengo conmigo
diosa mía en este mundo tu eres mi abrigo
aunque otros digan que es solo falacia.

ASÍ LO QUISO DIOS

Si Dios ya nos conocía antes de crearnos sin lugar a duda, tú y yo
ya nos pertenecíamos amor mío, es por eso que no nos dejamos
de querer, tampoco podemos vivir alejados y corremos por
enredarnos en nuestro lecho y derretirnos en esta pasión que no
cabe en nuestro pecho.

Por eso es que caí en la cuenta que si Dios nos había elegido para
estar juntos, simplemente yacíamos en un lugar de su mundo,
listos para vivir este divino momento que no lo cambiaría por
ningún motivo o circunstancia, Dios nos formo de tal manera, que
nuestro encuentro fuera más que especial y así nos entregáramos
en cuerpo y alma entera y de tal modo lo nuestro fuera prodigioso
y eternal.

SI FUERA ASÍ

Quisiera ser el ángel que en la vida te cuidara
mujer sublime y de semblante hechicero,
cuan dichoso fuera si yo fuese quien gozara,
de tu amor del cual me siento prisionero.

Soy un ángel que fue expulsado del cielo
por enamorarme de un ser terrenal
sé que desde ahora no levantaré mi vuelo
por entregarme de forma total.

Y yo que deseo darte mis tiernas caricias
también mi amor de linaje celestial
por mi creador que todo sería más que delicias
si viviéramos para siempre esta vida terrenal.

Si hubiera podido existir conmigo en mi edén
hubiera sido diferente mi final desconocido,
y no abría sentido este dolor también
solo por ser de otro mundo mi corazón entristecido.

SI YO FUERA

Si yo fuera como el viento
al oído llegara a susurrarte
que me muero por besarte,
pero el no poder es mi lamento.

Si yo fuese el ángel que te guiara,
hasta el cielo te llevara conmigo
así, aquí en la tierra ningún mendigo
se ofreciera para que te cuidara.

Si yo fuera rocío mañanero
te empaparía toda con mi amor
y así disfrutaría el dulce sabor
que tú tienes, dulce y ligero.

Más si yo fuera la negra noche,
de tus sueños me apoderaría
y nunca jamás dudaría,
en hacer contigo todo un derroche.

Pero es por demás así desearlo
sabiendo que jamás te he de tener
y eso me hace casi enloquecer
porque poseerte no podré lograrlo.

EN TUS TIBIOS BRAZOS

Añoro forjar en el edén de tus brazos
la ilusión que en mis sueños retengo,
puesto que no existen de donde vengo
ni siquiera a mitades o retazos.
Anhelo unir nuestros lejanos lazos
con verdad concreta y rectitud,
quiero gozar de tu angelical virtud
divino ángel así lo ansió y deseo
y aunque fortuna no poseo
te ofrezco mi ser en esclavitud.

Aunque tú no estés a mi alcance,
quiero que sepas que mi ser es tuyo,
se lo he dicho a Dios con un murmullo,
mas sin embargo sigo dolido por mi trance.
No encontrare lugar para que descanse
hasta el día que por fin te tenga
y ese momento deseo que ya venga
para tenerte como siempre lo he soñado
y así vivir solamente a tu lado
sin que nada ni nadie me detenga.

NUESTRO CAMINO

Nuestro tiempo de vida va pereciendo
y no esta en nosotros poderlo detener
es mejor saber lo que vamos haciendo,
ya que el tiempo no podemos retroceder.

Pisemos firmes cuando caminemos
porque la noche para Dios es claridad,
será más fácil que en el día nos perdamos
y gocemos de una falsa felicidad.

Este tren en el que ya viajamos
presenta más de una estación,
en nosotros esta en cual nos bajamos
solo que una de ellas se llama destrucción.

Entendamos que es muy corto nuestro existir
que el tiempo no significa nada
es por eso que debemos saber elegir
para tener el alma preparada.

No tratemos de correr tras el viento
ya que este no se puede alcanzar,
es mejor detenerse un momento
y en nuestros actos un poco cavilar.

NUESTRO ADIÓS

Llévame contigo por siempre amor mío
que yo te recordare de noche y de día
y si allá por la madrugada sintieras frió
recuerda cuando en mis brazos te tenia.

Cuanto siento que la circunstancia
nos alejara sin que lo pudiéramos remediar
pero lo que sentimos hará que la distancia,
no sea motivo para podernos olvidar.

Es verdad que con ímpetu luchamos
por este amor que aun nos damos
aunque halla brotado en deshora;

Hoy mi alma de tristeza sola llora
porque como antes ya no estamos,
mas mi alma, te quiere , te ama y te añora.

DESFALLIDO

Soy fanático de tus encantos

y de los movimientos que haces suscitar

con tu bamboleo me haces suspirar

de igual manera como tienes a tantos.

Haces pecar a los más fieles y santos

volviéndolos ateos sin compostura,

es incomparable tu hermosura

como si fuera divina y celestial,

entre tanto mi inevitable y cruel final

será desearte con sin igual locura.

A TU MANERA

Siempre hice todo a tu manera.
Si, así como tu siempre lo quisiste.
Solo que al final todo deshiciste.
De la peor forma que nadie espera.

Decidiste buscar calor ajeno,
cuando a mi lado no te faltaba.
Yo tanto que te adoraba.
Pero tu amor no fue bueno.

No tengo nada que decirte,
no te guardo odio ni rencor.
Que si quedó mi alma con dolor,
tampoco, por eso he de maldecirte.

Lo único que sin dudar haré
es tratar de expulsarte de mi pecho
porque me lo heriste sin derecho
es por eso que te olvidaré

Porque así fue como lo decidiste
y de esa forma será
sé que mi alma se despedazara
pero ese camino tu escogiste.

AQUÍ ESTARÉ...

Solo y triste estaré esperando
aquel tu lejano regreso
aunque el tiempo me sea perverso
mi implacable dolor estaré callando.

Estarás conmigo en cada ínstate
sin importar lo que nos divida
mi alma no estará arrepentida
aunque de mi estés distante.

Estaré con el alma oscurecida
porque mi luz te llevaste al partir
ahora no he podido sonreír
pues la distancia la tiene aturdida.

CAUTIVO

No te basto con solo tronchar
los sueños que llevaba conmigo
si no que me quitas tu abrigo
y me condenas a llorar.
No me has dado tiempo de escapar
desde el día que me cautivaste
mi vida entera arrastraste
al mar de tu ardiente pasión
para después sin ninguna razón
al salir el alba te marchaste…

Y en mi ser solo dejaste
las ansias de saborear libertad,
mas , esta inmensa y casta soledad
se alegra porque me abandonaste.
A mi destino con ganas fraguaste
senderos de falsas esperanzas
aquellas que con tantas añoranzas
soñé que fueran verdaderas
pero jamás pensé que te fueras
rompiendo nuestras alianzas.

CIERTO AMOR

Que importa si lo nuestro parece incierto,
que importa si lo critican por doquier
yo te entrego el alma y el corazón abierto
también mi pasión y mi querer.

Que importa lo que digan vida mía,
que la gente hable si es que quiere hablar.
Al fin de todo nuestro amor algún día,
pese a la cizaña no dejara de triunfar.

Amémonos en el crepúsculo y al amanecer,
amémonos hoy que mañana otro día será
entreguémonos sin reservas y sin entender,
lo que mañana con nosotros pasará...

Lo único que quiero es entregarme.
Si, entregarme a ti como lo he deseado
sin que logre el veneno del vulgo saturarme
Y mi corazón viva a solas decepcionado.

AMOR CELESTIAL

Dejemos que nuestro amor brille como estrellas en el firmamento,
y déjame que te diga sin palabras lo que dentro por ti siento.

Si me preguntas lo que fuera, y simplemente te dijera que no se.
Es porque solo sé que te amo desde aquel hermoso día que te besé.

Amor mío, quiero que te enteres que nuestro amor no es
accidente.
No fue obra de nadie, más fue de aquel que nos ama totalmente.

Y estamos aquí disfrutándonos y entregándonos sin medida,
sin recordar si el destino nos forjo con el tiempo una u otra
herida.

Cuan dichosas son nuestras almas, te amo, y no son solo
palabrerías.
Mi cuerpo es fuego a tu lado y solo tú tienes con que lo
extinguirías.

Lo que sentimos es mutuo, no se puede explicar con ningún
lenguaje.
Lo nuestro simplemente proviene, del más divino y celestial
linaje.

MAJESTUOSIDAD

Divina luz del cielo reflejan tus ojos
e incomparable ternura destellan también
con tu sola presencia me sonrojo
y me vuelvo tu títere, tu esclavo y tu rehén.

Implorando ser yo el único dueño
de esos ojos de hermosura celestial,
he quitado de los míos el sueño
para que le sean a tu vida servicial.

Lucirías mejor en la inmensidad del cielo
en lugar del hermoso lucero de la mañana
y te lo digo sin lugar a recelo
te lo hago saber con alma puritana.

TU AUSENCIA

Aun sigo esperando tu regreso,
y que le devuelvas a mis ojos la alegría
que para ti guardo aquel dulce beso
que no he dado todavía.

Trato de vivir sin ti pero no puedo,
como tampoco puedo dejarte de querer
tu ausencia solo me da miedo
y tus recuerdos me hacen padecer.

En el dolor estoy yaciendo
y llorando con los ojos más que vencidos
solo por tu ausencia estoy padeciendo
sintiendo dolor en cada uno de mis latidos.

Mis noches se han vuelto casi eternas
así mismo mi alma grita con gran vigor,
pide le devuelvas tus caricias tiernas
y con ello también tu calor.

RECUÉRDAME

Siempre recuérdame amor mío
y llévame contigo por doquier,
recuérdame en un amanecer
o cuando te invada el frío.

Lo nuestro fue un desafío,
el cual no lo pudimos vencer,
pero recuerda que te he de querer
aunque lo nuestro fue algo tardío.

Más haz de plasmarte en mi pecho,
aquel que quedo desecho
porque sé que eres de otro amor.

¿Y qué puedo hacer si así es la vida?
A veces se tiene que llevar una herida
y con ella un insoportable dolor.

MI RETRATO

Si algún día el polvo del olvido
llegara a borrar mi recuerdo de tu mente,
lo único que con plegarias te pido:
que estés de lo que fue lo nuestro conciente.

Si halla disfrutando de tu interminable dicha
vagamente te acordaras de lo que fuimos,
espero que sepas del dolor de mi desdicha
y nunca olvides el día en que nos conocimos.

Más si un día te llegara la noticia
que por intentar buscar lo que quería fallecí,
me encantaría que de corazón y sin malicia
conserves el viejo retrato que un día te di...

Pero si sabes que aun merodeo por la vida
brinda en mi nombre deseándome lo mejor
ya que lo nuestro por falta de amor,
en nuestras almas forjó una herida.

TRISTE REALIDAD

Que amargo es enamorarse
y entregarlo todo por un lejano amor
pero lo peor es sin riendas entregarse,
al ser que te pagará con genuino dolor.

Al corazón lastima, rompe y hiere
cuando el vulnerable no es correspondido
porque por dentro con ansiedad quiere
terminar con aquello que lo tiene abatido.

En esos momentos la vida es rustica y triste
cuando sin malicia te diste a un amor tardío
nadie sabe que la culpa no la tuviste
por arrojarte directamente al vació.

Enamorarse de un amor inalcanzable
es lo peor que a humano le suceda
ya que el dolor es interminable,
y en el panteón del olvidó solo queda.

TEMOR DE PERDERTE

Tengo un terrible miedo de perderte encanto mío o tal vez que me
linches de tu mente,
tengo mil temores de que un día sin pensar te alejes, en el
momento que más te este adorando.
Solo Dios y el silencio son testigos
de lo que mucho que significas para mi iluso ser que no sabe
más que quererte y ser de ti
pero tengo miedo que beses otros labios y también que otros
cuerpos
disfrazados de ternura quieran llenarse de ti. Es por eso que antes
de que eso suceda quiero esconderte en mis brazos
y verterme por completo a tus pies ya que fortuna amor mío por
desgracia
no poseo, lo único que si te puedo ofrecer son mis ganas de
adorarte y entregarte
el amor y las caricias que jamás a nadie he brindado de eso si no
debes tener
la más mínima duda, ya que tu amor con el mío
Dios los diseño de forma idéntica; también formó a tu cuerpo
con el tejido perfecto para que protegieras al mío del invierno.
Pero aun así tengo miedo de que la historia de los dos pueda
cambiar mañana
y me quede en el limbo como fantasma.

LAMENTO

Eres como suave y tierna melodía
y deliciosa como exótica aroma
eres como el sol cuando se asoma,
eres tan radiante y llena de alegría
tanto que me tienes de noche y día
por tu inalcanzable amor sollozando.
Silenciosamente te estoy amando
sin que lo pueda siquiera remediar
y tampoco puedo de mi despojar,
tu recuerdo que me va mutilando.

No he conseguido poder olvidarte
porque vives dentro de mis sentidos
a los que tienes arruinados y heridos
por no poder lograr conquistarte;
Yo que todo mi ser quisiera darte
jamás podría, si tú no me dejas,
por el contrario cada vez te alejas
sin importarte mi cruel sufrimiento
y lo peor es que hasta en las venas siento,
el cariño que por otro amor reflejas.

TRAVESURA

Pensando únicamente en tu cintura
te pinte desnuda pero sin pincel
también compuse el verso aquel
que no dice más que una locura,
tener conmigo tu perpetua hermosura
y hacerte solo mía hasta el amanecer
no se si será tan solo placer,
el que te quiera tener a solas conmigo
pero se ha tornado ya casi un castigo
el no poseerte a mi lado mujer.

ADVERTENCIA

Ingrato amor, te fuiste un día
buscando un no sé qué, lejos de mí
hoy haz vuelto pues la cobardía
sin clemencia se apoderó de ti.

Corriste tras el viento,
y al no alcanzarlo haz regresado
pero ahora con un amargo lamento
y el corazón completamente destrozado.

Pero esta vez sí te digo y advierto
que aunque te de mi corazón abierto
debes cambiar tu forma de ser.

No sea que un día sin querer
se te convierta el río en desierto
y no encuentres dónde beber.

¿QUIEN SERÁ?

¿Quien te amara de la forma que yo te amaba?
¿Quien te dará esas noches de pasión y de ternura?
¿A quien se le erizara la piel como a mí se me erizaba
cuando llenaba de besos tú sin igual figura?

¿Quien podrá amarte con desesperada ansiedad?
Dudo que exista el ser con tanta pasión ardiente,
ya que nada que pueda ver tiene la inmensidad,
que tiene este amor que llevo en mi pecho y mente.

Si alguien goza la dicha de poder tenerte,
que descubra pues el secreto para comprenderte,
ya que eso sólo yo pude hacerlo.

No sé porqué me aniquilaste sin merecerlo
cuando no hice nada mas que quererte,
pero te fuiste, si te fuiste y yo sin entenderlo.

SE FUÉ

...y yo que tanto la quería
Pero mi gran amor decidió marcharse.
En otros brazos decidió anidarse
porque su amor no me pertenecía.

Aquel amor me arrebato la vida
llevándosela en las manos de ella
su lejanía es más que la de una estrella
mientras yo quede con el alma oscurecida.

Quise tanto a ese amor impuro y vano,
que lastima su decadencia,
su acción me aventó a la demencia
porque tiene el corazón de hostil tirano.

Pero a los brazos que se halla ido
deseo que tenga amor en abundancia
ya que a pesar de mi constancia
no le deje su alma y ser complacido...

Y no reprocho el que no me haya querido,
lo que me azota fue su hiriente indecisión
yo que la quise sin ninguna condición
se fue dejándome en el cruel olvido.

ERES SOLO VANIDAD...

¿Porque en tu reino habita el desamor?
Siendo que lo pregonas con esmero
dices que la justicia es lo primero
mas la verdad es que significas dolor
en tu reino no existe el amor
solo la vanidad es lo que enseñas
con tus acciones a tus fieles desdeñas
sin importarte el iluso peregrino
de quién quieres destruyes su destino
y a ser injusta nada más te empeñas.

En tu reino hay lágrimas sin consuelo,
que ha llorado el que esta a tu merced
el soñador tiene hambre y mucha sed
pero lo asesinas con tu desconsuelo
la fortuna abunda en tu ancho suelo
pero también abunda tu hipocresía
al pobre jornalero lo tratas con tiranía,
simplemente lo enriqueces de penas
de pecados tus manos están llenas

y así vas gozando con tu cruel algarabía.

OJOS AJENOS

Esos ojos divinos sé que a mí no me verán.
Por el simple hecho de tener dueño
y jamás lograre ser yo su dueño,
y quererme como deseo no podrán.
Los míos solamente en silencio lloraran
soportando la desdicha de haberlos visto
y aunque a recordarlos siempre insisto.
Tengo que olvidarlos por mi propio bien
porque me lastima su hiriente desdén,
sin embargo a mirarlos no me resisto.

Ojos ajenos, con brillo de auroras
y mas profundos que el abismo mar,
como fue que me lograste cautivar
sabiendo que a otros ojos adoras.
Si bien sé que no es a mi a quien añoras
porqué pues dejo que te fundas en mi piel.
Pero así también me sabe a hiel
el darme cuenta que están lejos de mí.
Y me duele tanto que la vida sea así,
que sean ajenos, y yo siéndote fiel.

FUE MEJOR

Quise arrancarte aquellos versos
con la pasión que nadie me inspira
y en mis sueños robar de tus labios tersos,
la dulzura por la cual mi ser delira.

Intenté componerte aquellas poesías
las cuales dijeran lo mucho que te amo,
también hacerte saber mis fantasías
y que a cada instante tu nombre llamo.

Pero todos mis pensamientos huyeron
perdiéndose en el fondo de la nada
ya que mis ideas juntas no pudieron
conjugarse ni en una noche estrellada.

Lo mejor que hice fue contenerme
y no decir siquiera palabra alguna
porque quizá no logres entenderme
es por eso que platique con la luna...

Y así pedirle un poco de inspiración,
esperando que ella me la diera
le ofrecí abierto mi inerte corazón
pero tampoco logre que algo surgiera...

Así que lo único que se me ocurrió
fue darme a ti con una profunda mirada
ya que tu frialdad al vació me barrio
pero dejando mi alma en tus manos atrapada.

COMO LADRÓN

Como ladrón en la noche llegaste
e irrumpiste en mi corazón,
lo poco que tenía te llevaste
dejándolo en desastrosa condición.

Todos mis sueños me arrebataste
me los quitaste sin siquiera saber,
que sin ellos con nada me dejaste
pero dudo que lo puedas entender.

Solo sé que la fechoría que cometiste
malamente la planeaste muy bien
porque así como entraste te fuiste
plasmándote muy dentro de mi sien.

Pero a la escena del crimen regresarás
y atrapándote me pagaras lo perdido,
y de haberme robado el alma lamentaras
también de haberme como victima escogido.

YA NADA ES IGUAL

¿Qué tienen tus ojos vida mía,
que ya no me miran como ayer?
Ya te siento lejos, frívola y vacía,
y quisiera poderte entender.

Tus manos no tienen la textura,
como cuando antes me tocabas.
Ni tus labios la erótica dulzura,
que tenían cuando me besabas

Le estas quitando a mi cielo la luna,
aquella que le regalaste un día.
Mi vida era como ninguna,
pero ahora se viste de melancolía.

¿Por Dios dime que he hecho?
Para que me pagues de esta manera.
Vestigios de dolor hay en mi pecho,
alentándome para que muera.

En tu desdén me voy consumiendo.
Y me torno en un desastre total.
No miento, estoy falleciendo,
porque en lo nuestro nada es igual.

TE AGRADEZCO

Te agradezco tanto amor mío
pero los momentos que me das,
que delicia es cuando estás
salvándome del gélido frió
solo a tu lado no existe hastió,
todo marcha a la perfección
por eso te agradece mi corazón
por darle todo lo que le faltaba
y eras tú lo único que esperaba
para que falleciera mi aflicción.

INÚTILMENTE

No me sirve de nada el embriagarme
y perderme entre los humos del licor,
si yo se que al tranquilizarme
sentiré de nuevo el incesante dolor.

Nada gano con decirle a la locura
que me haga un poco de compañía
porque ni ella borra la amargura
que siento por amarte vida mía.

ASÍ ERES PARA MÍ

Eres como el sol que me alumbra todas las radiantes mañanas
y mi luna cuando la noche la oscuridad me quiere poseer.
pero en esos momentos mágicamente apareces
salvándome y lanzándome libre.

Eres una total y única fortuna.
Eres mi encanto, mi agua, y todas mis fantasías
que vibran dentro de mí.

Eres la hoguera que habita en mí y no se extingue por ser perpetua
eres mi todo amor de mi vida porque sin ti prácticamente soy
nada,
y si alguno de estos días me faltara tu presencia
sin mentirte amor mío, preferiría mejor desaparecer
y no existir ya que eres tu por quien con todo mi corazón deseo
seguir existiendo es por eso sombra mía que para mi eres como
la esencia del amor, el punto exacto de mi felicidad, el sabor de
la dulzura y el condimento preciso que le fascina a mi paladar, el
suspiro que no he dado todavía, eso eres para mi prodigio mio.

INCONCEBIBLE

Mujer malévola e inclemente,
¿Porque al tonto haces padecer?
Con tu belleza lo haces enloquecer,
apoderándote de su frágil mente.
Malvada y pécora, matas diligente
al hombre ingenuo y vulnerable
bien sabes que eres imperdonable
al doblegarlo hasta tus pies
puesto que lo destruyes después
para que tu festejo sea interminable.

Desgarras almas como si fueran nada
tan solo por gozar de tu cruel maldad
disfrutas despojar de la pura felicidad
fingiendo estar pérdida y enamorada
pero solo dejas el alma en ti aprisionada
al brindar tu dulces besos de veneno
no te importa el dolor ajeno,
no te importa el corazón de un hombre
tus acciones no tienen nombre
despiadada mujer, tu ser no es bueno.

Despedazas al corazón ya partido
haciéndolo añicos sin compasión
y después sin haber alguna razón
lo sepultas en el panteón del olvido.
Ya que logras lo que has querido
lo dejas que de dolores de amor muera
y como si muy poco todavía fuera
tus recuerdos lo torturan también.
Indomable. Haces del hombre tu rehén
Y lo manejas a tu atroz manera.

ANSIEDAD

Quisiera trotar por las cumbres
que tu cuerpo ardiente hacen delatar,
quisiera lograr que te acostumbres
a este ser que no te deja de adorar.

Ansió contemplarte aquí en mi pecho
y tenerte en mis brazos enredada
pero nos divide un inmenso trecho
el cual me tiene el alma destrozada.

Te he arrancado los mejores versos,
solo para ver si te los recito algún día
no se si valdrán la pena mis esfuerzos
o me resigne a solo esperar que seas mía

Pero mucho más quisiera ser aquel,
aquel que de explorarte tiene la dicha
porque yo aquí con mi fiel desdicha
añoro probar de tu deliciosa miel.

AGRADECIMIENTOS ESPECIALES

De todo corazón deseo dar mis más sinceros agradecimientos: primeramente a mi divino creador por guiarme y cuidarme donde quiera que voy. A mi esposa Marbella Santamaría Cornejo quien me ha brindado su apoyo total y absoluto en este proyecto pero también es a quien le estoy dedicando mi libro, al señor Heriberto y a la señora Elina Torrealba quienes también colaboraron en la realización de esta mi pequeña obra; no obstante quiero agradecerle también a mi gran amiga Amelia Yánez quien siempre me ha demostrado ser una amiga de verdad ya que hasta en mis momentos más difíciles y críticos siempre me ha apoyado moralmente.

Gracias a mi familia en especial mi madre porque fue de verdad valiente para sacarnos adelante a mí y a mis hermanas y que sin duda jamás ha dejado de orar por mí en mi larga ausencia lejos de mi hogar, a todos quienes hicieron posible mi sueño realidad aun quienes me criticaron de manera horrenda, pero mucho más le agradezco a Dios por darme la dicha de poder lograr una de mis muchas metas…de todo corazón gracias.

SIMPLE COMENTARIO

No vale la pena la vida si no se tiene un ¿por qué? vivir o un propósito, y con ello también dar las gracias a quien hizo posible nuestra prodigiosa existencia, por tal motivo debemos de dar lo mejor de nosotros en cada meta que nos propongamos ya que son oportunidades que nos brinda la misma vida, pero también jamás dejemos de ser nosotros mismos ni olvidarnos cuales son nuestras raíces. En nosotros habita un ser que esta esperando que tú lo descubras, pero no lo lograras descubrir, quiere decir que eres fanático del conformista y espectador del que hace su mejor papel en la película de su vida.

Al ser humano siempre lo he comparado con un volcán que jamás ha hecho erupción, cavilen, todo mundo sabe que mientras este inactivo no causara daño alguno, pero también se sabe el tremendo caos terrible que haría si llegara a ser erupción.

Lo mismo sucede con el ser humano, nadie sabe hasta dónde puede llegar y con todo lo que puede arrasar tan solo si despertara y decidiera hacer erupción y así lograr todo cuanto se propusiera y jamás darse por vencido. Dejemos ser unos simples soñadores y mejor actuemos puesto que nos traerá mejores resultados si ponemos en acción una idea constructiva, en pocas palabras, dejemos ya de ser un simple fantoche, un títere flácido, que el mundo entero lo maneja a su merced, no ocupemos nada mas lugar en este mundo: Seamos productivos, honremos a quien hizo de nosotros una obra maestra, porque eso es lo que somos, no una desgracia y desilusión terrenal. No lo desilusionemos siendo tan solo unos pobres mediocres, viviendo en esta tierra sin existir desperdiciando cada instante; tampoco pasemos por alto la dicha de poder estar aquí saboreando las delicias que el Dios que todo lo puede nos entrega, ya que por desgracia al simple ser humano se le ha concedido caminar por el camino de la vida únicamente una sola vez...así que vive sonríe y construye.